雅众诗丛·国内卷

十年诗草
1930–1939

卞之琳 著

北京联合出版公司

雅众文化 出品

目 录

重印弁言　3
初版题记　9

音尘集（1930—1935）

15　影 子
16　投
17　一块破船片
18　几个人
19　登 城
20　墙头草
21　寄流水
23　古镇的梦
25　秋 窗
26　道 旁
27　对 照
28　水成岩
29　尺 八
31　圆宝盒
33　断 章

34 寂寞
35 航海
36 音尘

音尘集外（1930—1935）

39 记录
40 奈何
41 远行
42 长
43 傍晚
44 寒夜
45 夜风
47 长途
49 落
50 白石上
54 大车
55 倦
56 古城的心
57 春城

61 归
62 距离的组织

装饰集（1935—1937）

65 旧元夜遐思
66 鱼化石
67 候鸟问题
69 泪
71 第一盏灯
72 半 岛
73 车 站
74 睡 车
75 雨同我
76 无题一
77 无题二
78 无题三
79 无题四
80 无题五
81 妆 台

83　水　分
85　路
87　白螺壳
90　淘　气
91　灯　虫

慰劳信集（1938—1939）

95　一
97　二
99　三
101　四
102　五
105　六
108　七
109　八
110　九
113　十
115　十一
116　十二

117 十三
118 十四
119 十五
120 十六
122 十七
124 十八

附注

129 音尘集外
129 　春城
129 　距离的组织
131 慰劳信集
134 尺八夜
144 鱼化石后记
146 关于圆宝盒

十年诗草

重印弁言

时间是无情的,淘汰诗作,不会有什么照顾。时间也最有情,间或让作者(如果人还在)乐得亲见自己早不想留存的篇什自行消失,或者在不背原意亦即不背历史真实性的条件下有机会一再进行艺术加工。

我初编自己的诗汇集《十年诗草一九三○~一九三九》到今差不多正半个世纪了。那是在一九三九年初冬,过了一个写诗的月分,足成了《慰劳信集》以后。早先,一九三○年秋后,我忽然写了一阵子诗,第二年春初受到意外的鼓励,并被用真姓名分交给刊物发表了,从此免不了时断时续写写诗,产量不多。从一九三三年到一九三五年,我只出版了两三本小集子,内容还有交叉重叠的。一九三六年我把它们缩编成一小卷,看看还是不精,试刷了一些样本,就没有兴趣把它正式出版;

一九三七年又续编近作一小集，因全面抗战爆发，未及印行。《十年诗草》就是汇集了这几个现成的近编小集子，补回了一点，再加上刚写完交出付印的《慰劳信集》。这个诗汇集两年后才由出版社付排，世界就又有了不小变化，我相应对原交稿作了小小的调整；而紧接着还想略加更动，却已经赶不到一九四二年出书的前头了。五十年代后期，人民文学出版社把它也列入了一批重印书计划，结果因逐渐导致"文化大革命"的一股罡风袭来而一同告吹。"十年动乱"后的一九七九年初，出版社旧事重提，又要重印《十年诗草》，而它却已化入了我自己刚连同五十年代一些诗混合编就的《雕虫纪历一九三〇～一九五八》了。《纪历》允称初步经过了时间检验的历史文献，但也拟充当代读物，以待时间再考验。

现在旅美友人在台湾新办书店，又要单行出版我这本三十年代诗汇集，想来也是兼顾到文献与读物两方面的意义吧？时间又经过了将近十年，《纪历》在一九七九年出了初版，一九八二年又在香港出了增订版，一九八四年在人民文学出版社又出了增订二版，都有从艺术角度所作的些微更动，如今再抽出散处其中的《十年诗草》来出版，又给了我通过时间透视的检验与加工的机会。

《十年诗草》原收各集化入了《纪历》各辑，经过编订，基本上就只能以这副面貌再次问世而随即消失或再流传一些日子。虽然如此，为了使表层原意的传达尽可能避免偏差，微末至标点符号，证明还应略有修正的地方。

作为《诗草》一部分的《慰劳信集》，在《纪历》中完成了一九四二年汇编出版所未及办到的删改。现在却显然得作一点修复，并作一点说明。

"慰劳"一词已是历史性的说法。现在有不同的"慰问"与"致敬"两说。当时只说"慰劳"，也没有这类区分。一九三八年秋后，文艺界发起写"慰劳信"活动。十一月初，正在我就要过黄河到太行山内外访问和随军以前几天，在延安客居中，响应号召，用诗体写了两封交出了，实际上也不是寄到什么人手里，只是在报刊上发表给大家读而已。一年后，我按原出行计划回到"西南大后方"，在峨嵋山，也就在十一月初，起意继续用"慰劳信"体写诗，公开"给"自己耳闻目睹的各方各界为抗战出力的个人或集体。都是写真事真人，而一律不点名，只提他们的岗位、职守、身分、行当、业绩，不论贡献大小、级别高低，既各具特殊性，也自有代表性，不分先后，只按写出时间排列（带了一点随意性），最后归结为"一切劳苦者"（也显得有一点整体观）。文学创作本来总是以偏概全亦即以特殊表现一般的，这里的覆盖面也可说不小，遍及前后方（包括当时所谓的"西南大后方"）。写人及其事，率多从侧面发挥其一点，不及其余（面），也许正可以辉耀其余，也可能不涉其余而只是这一点本身在有限中蕴含无限的意义，引发绵延不绝的感情，鼓舞人心。正因为这种松散的安排，这些"慰劳信"既是可分而独立成篇，也可合而联接成组，两三首的出入也并不影响总的连贯性。

事实证明，这样子留有余地，确有必要。

《慰劳信集》刚写成，恰逢友人来游峨嵋山，一读就要去给他在香港新办的明日社。一九四〇年出版这个单行本的明日社当时是在香港，却挂名在昆明，书是从滇越铁路运销内地的。后来据说竟被"大后方"当权的书报检查员列入了禁书名单。问题想不到就出在"给委员长"一诗。他们倒不在乎诗中把头面人物也放在统一的"慰劳"之列，对之也用了不分尊卑的"给"字。也不介意最后倒数第二行下半句"你坚持到底"按紧接的下文"也就"讲，是在汉语习惯中可省略"如果"之类的条件句。他们就是不能容忍开头的感叹语"你老了！"他们把这句曲意引伸为"该由别人取而代之了"。这是过敏的偏见麻木对于正常感情的反应。当初我确是由看到一本画刊的封面像，深有感触，才写了这首诗的。紧接着明日社内迁桂林，我在一九四一年底应约寄去编就的《十年诗草》，把其中《慰劳信集》各诗一律删去了题目，仅存编号。随后我自己发现其中两首显然一则取材不当，一则写得格调不高，决定删去，连同曾太受误解的一首；但是书已经印出来了。从此直到一九七八年底，自己把《慰劳信集》从《十年诗草》中转编入《雕虫纪历》，一九七九年出版，才实现了这个删汰的原意。现在《诗草》要单行重印，基本上就只能采用经过时间淘洗的《纪历》版文本。删去的那两首显然太不相称的凑数作品当然不容挽回了，只是过去想不到一度竟成问题的一首十四行体诗如今多少经受住了一点风霜，却似应予恢复。重读起来，全诗的庄严性就自然要求其中以叛变投敌的头号大汉奸作对比的一行中改掉一个俚词;免得使诗律出格,下行中应删掉一个单音节可省词。《慰劳信集》各诗在《诗草》中删掉的题目,在《纪历》中都已恢复,只是都去掉"给"字,现在恢复了"信"称,附注中每首都注出了原题目(名义上的受者),也就保留了原来的"给"字(虽然这些诗用"信"体,不像古人呈奉之类的诗作,实际上并不意在——也从未——寄"给"过任何当事人)。

世间有的文学创作,一出手就好歹无可更动,除非干脆取销;有的得不断加工而终还得不到作者自己的理想定本。"诗草"本就是"诗稿"的意思。《十年诗草》经历过好几个十年,我既坚持忠于历史,不作窜改,又坚持忠于艺术,一再加工,结果还是草草,这就不能说岁月无情了。

十月十二日(一九八八)

初版题记

　　十年是并不短的时间。一个人能有几个十年。何况差不多正是一个二十岁到三十岁的十年！这样的十年过去了，永远在那里想创造些什么的却只得了七十多首小诗，未免贫乏得可哀了，何况是始终还成为一般人嘲笑对象的新诗，且不说它们的价值如何，值得不值得自己和朋友以外的别人保留。当然从一九三〇年到一九三九年的十年里我也不止写了这一点诗，但也不会超过一百二十首，发表过、收入过集子的也不过百首。没有自信，一个人不会动手写一首诗的。而写出来以后也总少不了一点完成的喜悦，问题就在于这一点喜悦能维持多久才由或轻或重的失望来接替而已。

　　在我，这一段时间总是很短，虽然很短里也还有长短的出入。在这十年里我也出版过两三个小集子。也就像写诗一样，准备一本集子的出版，我起初也无不高高兴兴而且要讲究这样，讲究那样地，而后来总又头痛得甚至于不愿意听说到它。这也许是由于一种不健康的洁癖。我不断地删弃自然也总有自己的标准，而后一个标准多少总比前一个高一点，不过时间实在也难免偏袒，一如母亲就往往毫无理由地偏爱最幼小的子或女。也就在这种情形之下，当我在一九三九年底过了一个写诗的月分以后，自觉兴趣他移，自感到该有一个段落了，就编这个《十年诗草》的时候，我把《装饰集》和《慰劳信集》全部收入了。但大约也多少因年事渐长、脾气渐减的缘故，我收了《音尘集》又补上了《音尘集外》。事实上我把一些诗放在里面自己明知道只是为了纪程与聊备一格而已。当时我就笑自己说："你现在编好了，焉见得过了些日子不会再删或再补呢？"但结果两年过去了，我却不曾再多所更动。这并非因为在我自己这应是定本了，实在是因为我两年来没有再去理它（两年来我也不曾写过甚至于想写过一首诗）。本来我也不想随随便便地拿出去出版，宁愿就束诸高阁，现在却为什么一逢到出版的机会，就不再管印出来成什么样子而就拿出来了？因为我忽然想起了另一个十年。

"十年了。"一位朋友说，当他听到我于去年十一月十九日阴雨的早晨送走了另一个朋友，谈起了徐志摩先生遇难就在这一天的时候。大家想到志摩身前的热闹和刚逝世以后许多人竞写"志摩与我"的热闹，觉得很伤感。可是到今年的十一月十九日我才想起去年这位朋友的计算是错了，今年才真是十周年。我还是沉默着连跟朋友都没有谈起地过了这个十年忌。直到现在，又过了一个月，考虑着如何应出版一本书的要求，我就想起了，为了私人的情谊，为了他对于中国新诗的贡献——提倡的热诚和推进技术底于一个成熟的新阶段以及为表现方法开了不少新门径的功绩——而把我到目前为止的诗总集（我不认为《十年诗草》是我的诗选集）作为纪念徐志摩先生而出版吧。不管我究竟配不配用它来纪念他，不管人家会不会说我"你这样不是也就等于写'志摩与我'吗？"我算是向老师的墓上交了卷，只是我总不免感到一点羞愧与凄凉，一想到这里他身前看过的不多，他死后我才写的也还如此寥寥，而且都同样脆弱，远不如他坟头的野草会今年黄了，明年又绿地持续下去，十年也还如一日。

十二月十九日（一九四一）

音尘集(1930—1935)

本集曾于一九三六年夏雕木版试印样本十余册于北平文楷斋

影子

一秋天,唉,我常常觉得
身边仿佛丢了件什么东西,
使我更加寂寞了:是个影子,
是的,丢在那江南的田野中,
虽然瘦长点,你知道,那就是
老跟着你在斜阳下徘徊的。

现在寒夜了,你看,炉边的
墙上有个影子陪着我发呆:
也沉默也低头,到底是知己呵!
虽是神情恍惚了些,我以为,
这是你暗里打发来的,远迢迢,
远迢迢地到这古城里来的。

我也想送个影子给你呢,
奈早已不清楚了:你是在哪儿。

一九三〇

投

独自在山坡上,
小孩儿,我见你
一边走一边唱,
全都厌了,随地
捡一块小石头
向山谷中一投。
也说不定有人,
小孩儿,曾把你
(也不爱也不憎)
很好玩的捡起,
像一块小石头,
向尘世中一投。

一九三一

一块破船片

潮来了,浪花捧给她
一块破船片。
   不说话,
她又在崖石上坐定,
让夕阳把她的发影
描上破船片。
   她许久
才又望大海的尽头,
不见了刚才的白帆。
潮退了,她只好送还
破船片
   给大海漂去。

        十月八日

几个人

叫卖的喊一声"冰糖葫芦"
吃了一口灰像满不在乎；
提鸟笼的望着天上的白鸽，
自在的脚步踩过了沙河，
当一个年轻人在荒街上沉思。
卖萝卜的空挥着磨亮的小刀，
一担红萝卜在夕阳里傻笑，
当一个年轻人在荒街上沉思。
矮叫化子痴看着自己的长影子，
当一个年轻人在荒街上沉思：
有些人捧着一碗饭叹气，
有些人半夜里听别人的梦话，
有些人白发上戴一朵红花，
像雪野的边缘上托一轮落日……

十月十五日

登 城

朋友和我穿过了芦苇,
走上了长满乱草的城台。
守台的老兵和朋友攀谈:
"又是秋景了,芦苇黄了……"
大家凝望着田野和远山。
正合朋友的意思,他不愿
揭开老兵怀里的长历史,
我对着淡淡的斜阳,也不愿
指点远处朋友的方向,
只说:"我真想到外边去呢!"
虽然我自己也全然不知道
上哪儿去好,如果朋友
问我说:"你要上哪儿去呢?"
当我们低下头来看台底下
走过了一个骑驴的乡下人。

十月十五日

墙头草

五点钟贴一角夕阳,
六点钟挂半轮灯火,
想有人把所有的日子
就过在做做梦,看看桥,
墙头草长了又黄了。

十月十九日(一九三二)

寄流水

从秋街的败叶里
清道夫扫出了
一张少女的小影:

是雨呢还是泪
朦胧了红颜
谁知道!但令人想起
古屋中磨损的镜里
认不真的愁容;

背面却认得清
"永远不许你丢掉!"

"情用劳结,"唉,
别再想古代羌女的情书
沦落在蒲昌海边的流沙里
叫西洋的浪人捡起来

放到伦敦多少对碧眼前。

多少未发现的命运呢?
有人会忧愁。有人会说。
还是这样好,寄流水。

八月九日

古镇的梦

小镇上有两种声音
一样的寂寥:
白天是算命锣,
夜里是梆子。

敲不破别人的梦,
做着梦似的
瞎子在街上走,
一步又一步。
他知道哪一块石头低,
哪一块石头高,
哪一家姑娘有多大年纪。

敲沉了别人的梦,
做着梦似的
更夫在街上走,
一步又一步。

他知道哪一块石头低，
哪一块石头高，
哪一家门户关得最严密。

"三更了，你听哪，
毛儿的爸爸，
这小子吵得人睡不成觉，
老在梦里哭，
明天替他算算命吧？"

是深夜，
又是清冷的下午：
敲梆的过桥，
敲锣的又过桥，
不断的是桥下流水的声音。

秋窗

像一个中年人
回头看过去的足迹
一步一沙漠,
从乱梦中醒来,
听半天晚鸦。

看夕阳在灰墙上,
想一个初期肺病者
对暮色苍茫的古镜
梦想少年的红晕。

十月二十六日(一九三三)

道旁

家驮在身上像一只蜗牛,
弓了背,弓了手杖,弓了腿,
倦行人挨近来问树下人
(闲看流水里流云的)
"请教北安村打哪儿走?"

骄傲于被问路于自己,
异乡人懂得水里的微笑;
又后悔不会开倦行人的话匣
像家里的小弟弟检查
远方回来的哥哥的行箧。

八月四日

对 照

设想自己是一个哲学家，
见道旁烂苹果得了安慰，
地球烂了才寄生了人类，
学远塔，你独立山头对晚霞。

今天却尝了新熟的葡萄，
酸吧？甜吧？让自己问自己，
新秋味加三年的一点记忆，
懒躺在泉水里你睡了一觉。

水成岩

水边人想在岩上刻一点字迹:

大孩子见小孩子可爱,
问母亲"我从前也是这样吗?"

母亲想起了自己发黄的照片
堆在尘封的旧桌子抽屉里,
想起了一架的瑰艳
藏在窗前干瘪的扁豆荚里,

叹一声"悲哀的种子!"——

"水哉,水哉!"沉思人忽叹
古代人的感情像流水
积下了层叠的悲哀

一九三四

尺 八

像候鸟衔来了异方的种子,
三桅船载来了一枝尺八。
从夕阳里,从海西头。
长安丸载来的海西客
夜半听楼下醉汉的尺八,
想一个孤馆寄居的番客
听了雁声,动了乡愁,
得了慰藉于邻家的尺八,
次朝在长安市的繁华里
独访取一枝凄凉的竹管……
(为什么霓虹灯的万花间,
还飘着一缕凄凉的古香?)
归去也,归去也,归去也——
像候鸟衔来了异方的种子,
三桅船载来了一枝尺八,
尺八乃成了三岛的花草。
(为什么霓虹灯的万花间,

还飘着一缕凄凉的古香?)
归去也,归去也,归去也——
海西人想带回失去的悲哀吗?

圆宝盒

我幻想在那儿（天河里？）

捞到了一只圆宝盒，

装的是几颗珍珠：

一颗晶莹的水银

掩有全世界的色相，

一颗金黄的灯火

笼罩有一场华宴，

一颗新鲜的雨点

含有你昨夜的叹气……

别上什么钟表店

听你的青春被蚕食，

别上什么骨董铺

买你家祖父的旧摆设。

你看我的圆宝盒

跟了我的船顺流

而行了，虽然舱里人

永远在蓝天的怀里，

虽然你们的握手

是桥——是桥——可是桥

也搭在我的圆宝盒里；

而我的圆宝盒在你们

或他们也许也就是

好挂在耳边的一颗

珍珠——宝石？——星？

断 章

你站在桥上看风景,
看风景人在楼上看你。

明月装饰了你的窗子,
你装饰了别人的梦。

寂 寞

乡下小孩子怕寂寞,
枕头边养一只蝈蝈;
长大了在城里操劳,
他买了一个夜明表。

小时候他常常羡艳
墓草做蝈蝈的家园;
如今他死了三小时,
夜明表还不曾休止。

十月二十六日

航 海

轮船向东方直航了一夜,
大摇大摆的拖着一条尾巴,
骄傲的请旅客对一对表——
"时间落后了,差一刻。"
说话的茶房大约是好胜的,
他也许还记得童心的失望——
从前院到后院和月亮赛跑。
这时候睡眼朦胧的多思者
想起在家乡认一夜的长途
于窗槛上一段蜗牛的银迹——
"可是这一夜却有二百浬?"

十月二十六日

音 尘

绿衣人熟稔的按门铃
就按在住户的心上:
是游过黄海来的鱼?
是飞过西伯利亚来的雁?
"翻开地图看,"远人说。
他指示我他所在的地方
是那条虚线旁那个小黑点。
如果那是金黄的一点,
如果我的坐椅是泰山顶,
在月夜,我要猜你那儿
准是一个孤独的火车站。
然而我正对一本历史书。
西望夕阳里的咸阳古道,
我等到了一匹快马的蹄声。

十月二十六日(一九三五)

音尘集外(1930—1935)

记 录

现在又到了灯亮的时候,
我喝了一口街上的朦胧,
倒像清醒了,伸一个懒腰,
挣脱了怪沉重的白日梦。

从远处送来了一声"晚报!"
我吃了一惊,移乱了脚步,
丢开了一片皱折的白纸:
去吧,我这一整天的记录!

奈何

（黄昏与一个人的对话）

"我看见你乱转过几十圈的空磨，
看见你尘封座上的菩萨也做过，
你叫床铺把你的半段身体托住
也好久了，现在你要干什么呢？"
　　"真的，我要干什么呢？"
"你知道吧，我先是在街路边，
不知怎的，回到了更清冷的庭院，
又到了屋子里，又挨近了墙跟前，
你替我想想看，我哪儿去好呢？"
　　"真的，你哪儿去好呢？"

远 行

如果乘一线骆驼的波纹
　涌上了沉睡的大漠，
当一串又轻又小的铃声
　穿进了黄昏的寂寞，

我们便随地搭起了篷帐，
　让辛苦酿成了酣眠，
又酸又甜，浓浓的一大缸，
　把我们浑身都浸遍……

不用管能不能梦见绿洲，
　反正是我们已烂醉；
一阵飓风抱沙石来偷偷
　把我们埋了也干脆。

长

长的是斜斜的淡淡的影子,
枯树的,树下走着的老人的
和老人撑着的手杖的影子,
都在墙上,晚照里的红墙上,
红墙也很长,墙外的蓝天,
北方的蓝天也很长,很长。
啊!老人,这道儿你一定
觉得是长的,这冬天的日子
也觉得长吧?是的,我相信。
看,我也走近来了,真不妨
一路谈谈话儿,谈谈话儿呢。
可是我们却一声不响,
只是跟着各人的影子
走着,走着……

傍 晚

倚着西山的夕阳，
站着要倒的庙墙，
对望着：想要说什么呢？
　　怎又不说呢？

驮着老汉的瘦驴
　匆忙的赶回家去，
脚蹄儿敲打着道儿——
　　枯涩的调儿！

半夜里哇的一声，
　一只乌鸦从树顶
飞起来，可是没有话了，
　　依旧息下了。

寒 夜

一炉火。一屋灯光。

老陈捧着个茶杯,

对面坐的是老张。

老张衔着个烟卷。

老陈喝完了热水。

他们(眼皮已半掩)

看着青烟飘荡的

消着,又(像带着醉)

看着煤块很黄的

烧着,他们是昏昏

沉沉的,像已半睡……

哪来的一句钟声?

又一下,再来一下……

什么?有人在院内

跑着,"下雪了,真大!"

一九三〇

夜 风

一阵夜风孤零零
　爬过了山巅，
摸到了白杨树顶，
　拨响了琴弦，
奏一曲满城冷雨，
　你听，要不然
准是诉说那咽语——
　冷涧的潺湲；
你听，潺湲声激动
　破阁的风铃，
仿佛悲哀的潮涌
　摇曳着怆心；
啊，这颗心丁当响，
　莫非是，朋友，
是你的吗？你这样
　默默的垂头——
你听，夜风孤零零

走过了窗前,
踉跄的踩着虫声,
哭到了天边。

长 途

一条白热的长途
伸向旷野的边上，
像一条重的扁担
压上挑夫的肩膀。

几丝持续的蝉声
牵住西去的太阳
晒得垂头的杨柳
呕也呕不出哀伤。

快点走，快点走吧，
那边有卖酸梅汤，
去到那绿荫底下，
喝一杯，再乘乘凉。
几丝持续的蝉声
牵住西去的太阳，
晒得垂头的杨柳

呕也呕不出哀伤。

暂时休息一下吧,
这儿好让我们躺,
可是静也静不下,
又不能不向前望。

一条白热的长途
伸向旷野的边上,
像一条重的扁担
压上挑夫的肩膀。

落

在你呵,似曾相识的知心,
在你的眼角里,一颗水星
我发现了,像是在黄昏天
当秋风已经在道上走厌,
嘘着长气,倚着一丛芦苇
天心里含着的摇摇欲坠
摇摇欲坠的孤泪。我真愁,
怕它掉下来向湖心里投,
那不要紧,可是我的平静——
唉,真掉下了我这颗命运!

一九三一

白石上

去吧,到废园去,
找一方白石,
不管从前作什么用的,
坐坐吧,坐下来
送夕阳下山,
一边听哓舌的白杨
告诉你旧事。
它也许告诉你
说从前有个人儿,
近黄昏,尤其在秋天,
常到这里来
倚在栏干上
(你身旁从前有栏干)
对夕阳低泣,
掩着两朵萎黄的红玫瑰;

说不久她埋到这里了,

可是若叫它指点给你看
是那一抔黄土呢,
恕它老眼昏花了,
而且衰草已经藏去了
游人探访的足迹,
像迟暮的女子藏去了
绣花的腰带。

它也许还要说,
如果这方白石
早就躺在这里了,
你也许认得出
她的泪痕呢。

你细看白石,
只见长满了青苔,
仿佛半夜里
被秋风惊醒了
起来
用颤抖的手儿
揉揉酸溜溜的倦眼

在摇摇的烛影里

从箱子的深处

捡起来

多少年不忍想起的

一方素绢,

只见溅满了霉斑,

没有什么。

你抚摩它,

白石凉极了,

令你想起

从灯红酒绿中

飘出来的醉脸

不知在哪一条荒街上

淋到了冷雨。

不是雨,是风

起来了,可是很轻,

只能比叹息,

你不妨再坐一会儿

在白石上,

听浅湖的芦苇

（也白头了）

告诉你旧事

（近事吧）

一边看远山

渐渐的溶进黄昏去……

        九月八日

大 车

拖着一大车夕阳的黄金,

骡子摇摆着踉跄的脚步,

穿过无边的疏落的荒林,

无声的扬起一大阵黄土,

叫坐在远处的闲人梦想

古代传下来的神话里的英雄

腾云驾雾去不可知的远方——

古木间涌出了浩叹的长风!

十月十九日(一九三二)

倦

忙碌的蚂蚁上树,
蜗牛寂寞的僵死在窗槛上
看厌了,看厌了;
知了,知了只叫人睡觉。

蟪蛄不知春秋,
可怜虫亦可以休矣!
华梦的开始吗? 烟蒂头
在绿苔地上冒一下蓝烟吧!

古城的心

你可以听到自己的脚步声
在晚上七点钟的市场
(这还算是这座古城的心呢。)

难怪小伙计要打瞌睡了,
看电灯也早已睡眼朦胧。

铺面里无人问的陈货,
来自东京的,来自上海的,
也哀伤自己的沦落吧?

一个异乡人走过也许会想。

得,得,得了,有大鼓——
大鼓是市场的微弱的悸动。

保定(一九三三)

春 城

北京城：垃圾堆上放风筝，
描一只花蝴蝶，描一只鹞鹰
在马德里蔚蓝的天心，
天如海，可惜也望不见您哪
京都！

倒楣！又洗了一个灰土澡，
汽车，你游在浅水里，真是的，
还给我开什么玩笑？

对不住，这实在没有什么，
那才是胡闹（可恨可恨）：
黄毛风搅弄大香炉，
一炉千年的陈灰
飞，飞，飞，飞，飞，
飞出了马，飞出了狼，飞出了虎，
满街跑，满街滚，满街号，

扑到你的窗口,喷你一口,
扑到你的屋角,打落一角,
一角琉璃瓦吧?

"好家伙!真吓坏了我,倒不是
一枚炸弹——哈哈哈哈!"
"真舒服,春梦做得够香了不是?
拉不到人就在车磴上歇午觉,
幸亏瓦片儿倒还有眼睛。"
"鸟矢儿也有眼睛——哈哈哈哈!"

哈哈哈哈,有什么好笑,
歇思底里,懂不懂,歇思底里!
悲哉,悲哉!
真悲哉,小孩子也学老头子,
别看他人小,垃圾堆上放风筝,
他也会"想起了当年事……"
悲哉,听满城的古木
徒然的大呼,
呼啊,呼啊,呼啊,
归去也,归去也,

故都,故都奈若何……

我是一只断线的风筝,
碰到了怎能不依恋柳梢头,
你是我的家,我的坟,
要看你飞花,飞满城,
让我的形容一天天消瘦。

那才是胡闹,对不住;且看
北京城:垃圾堆上放风筝。
昨儿天气才真是糟呢,
老方到春来就怨天,昨儿更骂天
黄黄的压在头顶上像大坟,
老崔说看来势真有的不祥,你看
漫天的土吧,说不定一夜睡了
就从此不见天日,要待多少年后
后世人的发掘吧,可是
今儿天气真是好呢,
看街上花树也坐了独轮车游春,
春完了又可以红纱灯下看牡丹。
(他们这时候正看樱花吧?)

天上是鸽铃声——

蓝天白鸽，渺无飞机，

飞机看景致，我告诉你，

决不忍向琉璃瓦下蛋也……

北京城：垃圾堆上放风筝。

一九三四

归

像观察繁星的天文家离开了望远镜,
热闹中出来听见了自己的足音。
莫非在外层而且脱出了轨道?
伸向黄昏去的路像一段灰心。

距离的组织

想独上高楼读一遍《罗马衰亡史》,
忽有罗马灭亡星出现在报上。
报纸落。地图开,因想起远人的嘱咐。
寄来的风景也暮色苍茫了。
(醒来天欲暮,无聊,一访友人吧。)
灰色的天。灰色的海。灰色的路。
哪儿了?我又不会向灯下验一把土。
忽听得一千重门外有自己的名字。
好累呵!我的盆舟没有人戏弄吗?
友人带来了雪意和五点钟。

一月九日(一九三五)

装饰集 (1935—1937)

本集曾于一九三七年夏手抄一册

旧元夜遐思

灯前的窗玻璃是一面镜子，
莫掀帏望远吧，如不想自鉴。
可是远窗是更深的镜子：
一星灯火里看是谁的愁眼？

"我不能陪你听我的鼾声"
是利刃，可是劈不开水涡：
人在你梦里，你在人梦里。
独醒者放下屠刀来为你们祈福。

一九三五

鱼化石

　　（一条鱼或一个女子说：）

我要有你的怀抱的形状，

我往往溶化于水的线条。

你真像镜子一样地爱我呢。

你我都远了乃有了鱼化石。

一九三六

候鸟问题

多少个院落多少块蓝天
你们去分吧。我要走。
让白鸽带铃在头顶上绕三圈——
可是骆驼铃远了,你听,
抽陀螺挽你,放风筝牵你,
叫纸鹰,纸燕,纸雄鸡三只四只
飞上天——上天可是迎南来雁?
而且我可是哪些孩子们的玩具?
且上图书馆借一本《候鸟问题》。
且说你赞成呢还是反对
飞机不得经市空的新禁令?
我的思绪像小蜘蛛骑的游丝
系我适足以飘我。我要走。
等到了别处以后再管吧
多少个院落多少块蓝天。
我岂能长如绝望的无线电

空在屋顶上伸着两臂

抓不到想要的远方的音波!

泪

听门外雪上的足音,
听炉火的忐忑,
人安得无泪!
陆上问天上如海上
有路没有路,
不成问亦自惆怅。
这群鸟从我的家乡归来,
我想说,因为鸟有家
如蜜蜂有家,
一枚黄海滨捡来的小贝壳,
一颗旧衬衣脱下的小钮扣,
一条开一只弃箧的小钥匙
也有它们的家
于我常带往南北的手提箱,
如珠贝含泪。
巷中人和墙内树
彼此岂满不相干?

岂止沾衣肩掉一滴宿雨?
人并非无泪,

而明白露水因缘,
你来画一笔切线,
我为你珍惜这空虚的一点,
像珠像泪——
人不妨有泪。

第一盏灯

鸟吞小石子可以磨食品。
兽畏火。人养火乃有文明。
与太阳同起同睡的有福了，
可是我赞美人间第一盏灯。

半岛

半岛是大陆的纤手,
遥指海上的三神山。
小楼已有了三面水
可看而不可饮的。
一脉泉乃涌到庭心,
人迹仍描到门前。
昨夜里一点宝石
你望见的就是这里。
用窗帘藏却大海吧
怕来客又遥望出帆。

三月

车 站

抽出来,抽出来,从我的梦深处
又一列夜行车。这是现实。
古人在江边叹潮来潮去;
我却像广告纸贴在车站旁。
孩子,听蜜蜂在窗内着急,
活生生钉一只蝴蝶在墙上
装点,装点我这里的现实。
曾经弹响过脆弱的钢丝床,
曾经叫我梦到过小地震,
我这串心跳,我这串心跳,
如今莫非是火车的怔忡?
我何尝愿意做梦的车站!

睡 车

睡车,你载了一百个睡眠;
你同时还载了三十个失眠——
我就是一个,我开着眼睛,
撇下了身体的三个同厢客,
你们飞去了什么地方?
喂,你杭州?你上海?你天津?
我仿佛脱下了旅衣的老江湖
此刻在这里做了店小二。

四月

雨同我

"天天下雨,自从你走了";
"自从你来了,天天下雨":
两地友人雨我乐意负责。
第三处没有消息,寄一把伞去?

我的忧愁随草绿天涯:
鸟安于巢吗?人安于客枕?
想在天井里盛一只玻璃杯,
明朝看天下雨今夜落几寸。

五月

无题一

三日前山中的一道小水，
掠过你一丝笑影而去的，
今朝你重见了，揉揉眼睛看
屋前屋后好一片春潮。

百转千回都不跟你讲，
水有愁，水自哀，水愿意载你。

你的船呢？船呢？下楼去。
南村外一夜里开齐了杏花。

三月

无题二

窗子在等待嵌你的凭椅。
穿衣镜也怅望,何以安慰?
一室的沉默痴念着点金指。
门上一声响,你来得正对!

杨柳枝招人,春水面笑人。
鸢飞,鱼跃;青山青,白云白。
衣襟上不短少半条皱纹,
这里就差你右脚——这一拍!

无题三

我在门荐上不忘记细心的踩踩,
不带路上的尘土来糟蹋你房间
以感谢你必用渗墨纸轻轻的掩一下
叫字泪不沾污你写给我的信面。

门荐有悲哀的印痕,渗墨纸也有,
我明白海水洗得尽人间的烟火。
白手绢至少可以包一些珊瑚吧,
你却更爱它月台上绿旗后的挥舞。

无题四

隔江泥衔到你梁上,
隔院泉挑到你杯里,
海外的奢侈品舶来你胸前:
我想要研究交通史。

"昨夜付一片轻喟,
今朝收两朵微笑,
付一枝镜花,收一轮水月……"
我为你记下流水帐。

四月

无题五

我在散步中感谢
襟眼是有用的，
因为是空的，
因为可以簪一朵小花。

我在簪花中恍然
世界是空的，
因为是有用的，
因为它容了你的款步。

妆 台

（古意新拟）

世界丰富了我的妆台，
宛然水果店用水果包围我，
纵不费气力而俯拾即是，
可奈我睡起的胃口太弱？

游丝该系上左边的檐角。
柳絮别掉下我的盆水。
镜子，镜子，你真是可恼，
让我先给你描两笔秀眉。

可是从每一片鸳瓦的欢喜
我了解了屋顶，我也明了
一张张绿叶一大棵碧梧——
看枝头一只弄喙的小鸟！

给那件新袍子一个风姿吧。
"装饰的意义在失却自己。"

谁写给我的话呢？别想了——

讨厌！"我完成我以完成你。"

水 分

蕴藏了最多水分的，海绵，
容过我童年最大的崇拜，
好奇心浴在你每个隙间，
我记得我有握水的喜爱。

然后我关怀出门的旅人：
水瓶！让骆驼再多喝几口！
愿你们海绵一样的雨云
来几朵，跟在他们的尘后！

云在天上，熟果子在树上！
仰头想吃的，凉雨先滴他！
谁教挤一滴柠檬，然后尝
我这杯甜而无味的红茶？

我敬你一杯。酒吧？也许是。
昨夜我做了浇水的好梦：

不要说水分是柔的,花枝,

抬起了,抬起了,你的愁容!

路

路啊,足印的延长,
如音调成于音符,
无声有声我重弄,
像细数一串念珠。

穿过亭,穿过桥,停!
这里我掉过东西:
一本小小的手册,
多少故旧的住址。

记得在什么地方
我掐过一掬繁华,
走了十步,二十步:
原来是一朵好花……

也罢,给埋在草里,
既厌了空持罗带。

天上星流为流星,

白船迹还诸蓝海。

白螺壳

空灵的白螺壳,你,
孔眼里不留纤尘,
漏到了我的手里
却有一千种感情:
掌心里波涛汹涌,
我感叹你的神工,
你的慧心啊,大海,
你细到可以穿珠!
我也不禁要惊呼:
"你这个洁癖啊,唉!"

请看这一湖烟雨
水一样把我浸透,
像浸透一片鸟羽。
我仿佛一所小楼
风穿过,柳絮穿过,
燕子穿过像穿梭,

楼中也许有珍本,
书叶给银鱼穿织,
从爱字通到哀字——
出脱空华不就成!

玲珑吗,白螺壳,我?
大海送我到海滩,
万一落到人掌握,
愿得原始人喜欢:
换一只山羊还差
三十分之二十八;
倒是值一只盘桃。
怕叫多思者想起:
空灵的白螺壳,你
卷起了我的愁潮——

我梦见你的阑珊:
檐溜滴穿的石阶,
绳子锯缺的井栏……
时间磨透于忍耐!
黄色还诸小鸡雏,

青色还诸小碧梧,

玫瑰色还诸玫瑰,

可是你回顾道旁,

青嫩的蔷薇刺上

还挂着你的宿泪。

淘 气

淘气的孩子,有办法:
叫游鱼啮你的素足,
叫黄鹂啄你的指甲,
野蔷薇牵你的衣角……

白蝴蝶最懂色香味
寻访你午睡的口脂。
我窥候你渴饮泉水
取笑你吻了你自己。

我这八阵图好不好?
你笑笑,可有点不妙,
我知道你还有花样——

哈哈!到底算谁胜利?
你在我对面的墙上
写下了"我真是淘气"。

灯 虫

可怜以浮华为食品,
小蠓虫在灯下纷坠,
不甘淡如水,还要醉,
而抛下露养的青身。

多少艘艨艟一齐发,
白帆篷拜倒于风涛,
英雄们求的金羊毛,
终成了海伦的秀发。

赞美吧。芸芸的醉仙
光明下得了梦死地,
也画了佛顶的圆圈!

晓梦后看明窗净几,
待我来把你们吹空,
像风扫满阶的落红。

五月(一九三七)

慰劳信集（1938—1939）

本集曾于一九四〇年出版于香港明日社

一

在你放射出一颗子弹以后,
你看得见的,如果你回过头来,
胡子动起来,老人们笑了,
酒涡深起来,孩子们笑了,
牙齿亮起来,妇女们笑了。

在你放射出一颗子弹以前,
你知道的,用不着回过头来,
老人们在看着你枪上的准星,
孩子们在看着你枪上的准星,
妇女们在看着你枪上的准星。

每一颗子弹都不会白走一遭,
后方的男男女女都信任你。
趁一排子弹要上路的时候,

请代替痴心的老老少少

多捏一下那几个滑亮的小东西。

十一月六日

二

母亲给孩子铺床总要铺得平,
哪一个不爱护自家的小鸽儿,小鹰?
我们的飞机也需要平滑的场子,
让它们息下来舒服,飞出去得劲。

空中来捣乱的给他空中打回去,
当心头顶上降下来毒雾与毒雨。
保卫营,我们也要设空中保卫营,
单保住山河不够的,还要保天宇。

我们的前方有后方,后方有前方,
强盗把我们土地割成了东一方西一方。
我们正要把一块一块拼起来,
先用飞机穿梭子结成一个联络网。

我们有儿女在华北,有兄妹在四川,
有亲戚在江浙,有朋友在黑龙江,在云南:

空中的路程是短的,捎几个字去罢:
"你好吗?我好,大家好。放心吧。干!"

所以你们辛苦了,不歇一口气,
为了保卫的飞机,联络的飞机。
凡是会抬起来向上看的眼睛
都感谢你们翻动的一铲土一铲泥。

十一月八日(一九三八)

三

如今不要用草帽来遮拦
（就在你挡惯斜雨的地方）
这些子弹！这些是子弹！
卧下，就在养活你的地上！

像不采没有成熟的水果，
别忙，保险盖且慢点拔起，
当心手榴弹满肚的愤火
按捺不住，吞没了你自己。

忧虑是多余了就是快慰：
谁作了石头变枪的奇迹？
谁用了汗来把田园养肥
"又用了闯入者命定的苦血？"

再报告"兵来了"自己也要笑，
不要兵你自己就做了兵。

踏倒了老庄稼要他赔新苗,
你保证了乡里来日的青青。

十一月九日

四

不唤你,发明的,起来发挥
三点一直线的冲锋战术:
嘴上一块肉,筷上一块肉,
眼睛钉住了盘里另一块——

如果你睡了。睡眠更可贵:
案卷里已经跋涉了一宿。
"起身号。那我要睡了。"你说,
问明了是什么角声在吹。

多睡一会儿。让他们去闹:
熹微中一朵朵紧张的面孔,
跑步,唱歌,练跳舞,喊口号……

我不会说笑,送你一个梦:
从你参加了种植的树林
攀登了一千只飞鸟的翻翎。

十一月十日

五

交给了你们来放哨,
虽然是路口太冲要,
打仗的在山外打仗,
屯粮的在山里屯粮,
算贴了一对活封条。

可是松了,
不妨学学百灵叫。

把棍子在路口一叉,
"路条!"要不然,"查!"
认真,你们就不儿戏,
客气,来一个"敬礼!"
要不然"村公所问话!"

可是松了,
不妨在地上画画。

防止一切的病毒菌,
你们决不让偷进:
金丹、海洛英、白面、
毒药、三寸长红线……
小汉奸是鬼子的苍蝇。

可是松了,
不妨用胳膊比比劲。

县长也不在例外,
洋教士也不能乱来。
马虎了记下"不负责",
儿童团会报里要抨击:
一点缝,瓶子就破坏!

可是松了,
不妨拉树枝摆摆。

这条路上哪儿,我想问——
将来是来了,不用等。

尉迟恭、秦琼都变了，
就算是梦罢，我见了
新天地的两员门神。

你们松了，
不妨摘几朵迎春。

　　　　　　　十一月十一日

六

谁叫梦魇鬼也做了恶梦:
牢牢压制下,钢轨忽然翻动,
生了腿,一条条离开了原位,
十里路一歇脚,换上二十对?
明明白白是你们,老百姓,
清醒的,帮了军队在搬运,
十里路换上另外的肩膀。
十里路一堆,村庙像停车场。
当当响,火星起自腰中间,
一条变两条,为了轻便。
更向山地去,松排了队伍,
一条条不再要互相接住。
向来是钢轨上接送行人,
如今人带了钢轨旅行,
笑便笑罢,用不着纳罕:
出点汗还不是为了省大汗!
让钢轨从肩膀到肩膀压过去

由你们明天骑钢轨擦过去!
现在也不是坐火车的时候,
这里会伸来魔鬼的毛手。
送钢轨,送钢轨,要送三百里,
旅途的终点等它们在那里——
小小的山村,小小的熔炉,
生死门它们要进了又出——
当当响,挺出来刺刀和枪膛。
留一条老钢轨挂上石头墙,
堂——堂堂,大声地叫起来
一个个游击队员,跳起来
集合,集合了,练枪练刀。
我们得用刀枪把大地打扫。
是啊,等大地都收拾清净,
我们又再叫武器变形,
在地上纵横多铺些钢轨。
我们也许会在火车里相会,
我就向你们道一声"辛苦!"
可是我们也许要认错:
你们不是的,是你们的儿孙;
我也不是我现在的本身。

如今，你们把一条支线

拗转了方向，断断又连连，

十里，十里，又九里十八盘，

转上去，转上去，转进了太行山

回想起来我还是惊奇：

时间抹不掉这条痕迹！

      十一月十二日

七

动员了，妇女的手指，
为了战士的脚跟。
一边用针线穿鞋底，
还爬梳川流的行人。
可怜山路上多石子，
难为你把线子缝紧。
别以为软心肠没气力，
骑车的小流氓真发昏：
"要走就不停，看你办！"
看来你奈何他不成——
车轮瘫下了人恍然，
谢谢你闪电样一针！

十一月十三日

八

抓住了你的今日,
就带来你的明天
你仿佛说明了,我祝你
幸运总跟了勇敢——
好啊,可谈何容易:
山沟里是顽抗的困兽。
夺他们的马呀,你着急。
也得算工夫结了果,
你扑下去骑转了一匹,
马后就奔来一头骡。

十一月十四日

九

是一条黑线引了我去的,我想起,
绕几绕才到了热和力的来源——
煤窑。平空十八丈下到了黑夜里,
我坐了装人也装煤块的竹篮。
黑夜如果是母亲,这里是子宫,
我也替早晨来体验投生的苦痛。

拿好灯:这里也不是抬头的地方,
伛下去:就这样走了。是什么动物
对面跑来了,辘辘辘,拉着满拖筐,
后边又赶过去了,推着空拖筐,辘辘辘?
额上一只角一点火,黑脸上一对星
只一晃点明了这里并没有野性——

你们就这样一天要来回三十次,
滴着黑汗。洞顶也滴着黑汗,
像峨嵋一个山洞里滴着燕子屎。

九老洞底里我记得有一个财神坛……
尽头了,财神笑看我黑汗满头,
好几位,没有骑黑虎,却拿了铁锹。

你们还要挖前去,像要开一个窗!
抽着旱烟看车窗外浓烟掠过去
是好的;隔着玻璃看浓烟贴海浪
是好的;好的,叹一声此手不虚。
可是愈挖愈深,你们作反比例;
一里半已经够远了,还拉长距离!

不!外来的拳头已打动了一切,
醒了的已给醒了的添一桶小米粥;
你们的黑夜也已经缩短了一节,
每天腾出了三小时听讲学读,
打从文字的窗子里眺望新天下;
要武装起来,你们还打造曲把。

此刻也许重新卷来了逆流,
你们在周旋,以潮浪压退潮浪;
要不然一定在加紧挥动铁锹,

因为你们已然摸到了方向。
小雏儿从蛋里啄壳。群星忐忑
似向我电告你们忍受的苦厄。

      十一月十五日

十

红了脸,找地方生蛋的小母鸡
带来了罢,还是由小孩子抱着?
爱跳的那个年轻的毛驴,
唔,那个"小婊子",也带来了吧?
家禽家畜都不会埋怨
重新过穴居野处的生活。

谁说忘记了一张小板凳?
也罢,让累了的敌人坐坐罢,
空着肚子,干着嘴唇皮,
对着砖块封了的门窗,
对着石头堵住了的井口,
想想人,想想家,想想樱花。

叫人家没有地方安居的
活该自己也没有地方睡!
海那边有房子,海这边有房子,

你请我坐坐，我请你歇歇，
串门儿玩玩大家都欢喜，
为什么要人家鸡飞狗跳墙！

没有什么，是骚骡子乱叫，
夜深深难怪你们要心惊，
山底下敌人听了更心悸。
等白昼照见了身边的狼狈，
你们会知道又熬过了一天，
不觉得历史又翻过了一叶。

十一月十七日

十一

你老了！朝生暮死的画刊
如何拱出了你一副霜容！
忧患者看了不禁要感叹，
像顿惊岁晚于一树丹枫。

难怪呵，你是辛苦的顶点，
五千载传统，四万万意向
找了你当喷泉。你活了一年
就不止圆缺了十二个月亮。

兴妖作怪的，白装年轻；
你一对眼睛却照旧奕奕，
夜半开窗无愧于北极星。

"以不变驭万变"又上了报页，
你用得好啊！你坚持到底
也就在历史上嵌稳了自己。

十一月十九日

十二

手在你用处真是无限。
如何摆星罗棋布的战局?
如何犬牙交错了拉锯?
包围反包围如何打眼?

下围棋的能手笔下生花,
不,植根在每一个人心中
三阶段:后退,相持,反攻——
你是顺从了,主宰了辩证法。

如今手也到了新阶段,
拿起锄头来捣翻棘刺,
号召了,你自己也实行生产。

最难忘你那"打出去"的手势
常用以指挥感情的洪流
协入一种必然的大节奏。

十一月二十日

十三

过去就把它快一点送走,
未来好把它快一点迎来,
劳你们加速了新陈代谢,
要不然死亡:山是僵,水是呆。

你们辛苦了,血液才畅通,
新中国在那里跃跃欲动。
一千列火车,一万辆汽车
一齐望出你们的手指缝。

十一月二十二日

十四

竟受了一盒火柴的夜袭,
你支持北方的一根大台柱!
全与你发挥的理论相符,
热炕是民众,配合了这一击。

你不会受惊的,也无大碍:
只烧了皮大衣、毯子、棉军服。
然而这是你全部的长物,
难怪你部下笑话着"救灾"。

请原谅爱护到过火的热心——
我们,民众,宁愿意这样想,
看你檐头的冰箸有多长!

仿佛冬寒里不缺少春信,
意外里你也有意外的微笑。
愿你能多多重复"有味道"。

十一月二十三日

十五

要保卫蓝天，
要保卫白云，
不让打污印，
靠你们雷电。

与大地相连，
自由的鹫鹰，
要山河干净，
你们有敏眼。

也轻于鸿毛，
也重于泰山，
责任内逍遥，

劳苦的人仙！
五分钟死生，
千万颗忧心。

十一月二十五日

十六

夜摸的时机熟透了,
像苹果快要离枝——
可动手不得,三尺外
就是意外的毛铁丝!

可是后面是全营
将一涌而至的人潮,
要停也无法挡住,
急杀了你这个前导:

早不该疏忽了铁丝网,
网上通不通电流!
冲散了试探的急智,
齐涌上一个指头——

受于同志的信赖,
对于党国的责任,

新的传统的骄傲……
总之,你的全生命。

你就无视了铁丝毛,
直指到死亡的面额。
勇气抹得煞死亡?
"没有电,我还觉得!"——

你又觉得了全生命、
信赖、责任、胜利……
此外,你还该觉得罢
我们都松了一口气?

十一月二十五日

十七

你们与朝阳约会：
十里外山顶上相见。
穿出残夜的锄头队
争光明一齐登先。

荒瘠里要挤出膏腴，
你们向黄土要粮食。
翻开了暗草的冬衣，
一千个山头都变色。

把庄稼个别的姿容
排入田畴的图案，
你们将用了人工
顺自然丰美了自然。

让你们苦中尝尝甜，
土里有甘草根，真好！

嫩手也生了硬肉茧,

一拉手,女孩子会直叫。

不怕锄头太原始,

一步步开出明天。

你们面向现实,

　"希望"有那么多笑脸!

十一月二十七日

十八

一草一石都有了新意味,
今天是繁伙与沉重的日子。
一只手至少有一个机会
推进一个刺人的小轮齿。
等前头出现了新的里程碑,
世界就标出了另外一小时。

啊!只偶尔想起了几只手,
我就像拉起了一串长链,
一只牵一只,就没有尽头,
男女老少的,甚至于背面
多汗毛的,拿着锄头、铁锹、
枪杆、针线……以至于无限。

无限的面孔,无限的花样!
破路与修路,拆桥与造桥……
不同的方向里同一个方向!

大砖头小砖头同样需要，
一块只是砖，拼起来才是房，
虽然只几块嵌屋名与房号。

不怕进几步也许要退几步，
四季旋转了岁月才运行。
身体或不能受繁叶荫护，
树身充实了你们的手心，
一切劳苦者。为你们的辛苦
我捧出意义连带着感情。

　　　　十一月二十八日（一九三九）

附 注

音尘集外

春　城

本篇作于北平,时在一九三四年——日军逼境的第二年——春天。第一节说到马德里,因仿佛记得鹤佑辅说过北京似马德里。至于京都,则因想到我们的"善邻"而随便扯到,其实京都的天并不甚蓝,一九三五年在那边住了以后才知道。篇末倒数第二节中"街上花树也坐了独轮车游春"系指当时北平街头常见为豪门送花的独轮车。

距离的组织

第二行,一九三四年十二月二十六日《大公报·国际新闻》伦敦二十五日路透电:"两星期前索佛克业余天文学者发见北方大力星座中出现一新星,兹据哈华德观象台纪称,近两日内该星异常光明,估计约距地球一千五百光年,故其爆炸而致突然灿烂,当远在罗马帝国倾覆之时,直至今日,其光始传到地球云。"

第五行,本行为来访友人将来时口里说的,或心里说的话。

第七行,一九三四年十二月二十八日《大公报·史地周刊》王同春开发河套讯:"夜中驰驱旷野,偶然不辨在什么地方,只消抓一把土向灯一瞧就知道到了那里了。"

第九行,《聊斋志异·白莲教》:"白莲教某者山西人也,忘其姓名,某一日,将他往,堂上置一盆,又一盆覆之,嘱门人坐守,戒勿启视。去后,门人启之。视盆贮清水,水上编草为舟,帆樯具焉。异而拨以指,随手倾侧,急扶如故,仍覆之。俄而师来,怒责'何违吾命!'门人力白其无。师曰:'适海中舟覆,何得欺我!'"

慰劳信集

一，单行本原有题："给前方的神枪手"。

二，原有题："给修筑飞机场的工人"。

三，原有题："给地方武装的新战士"。

第一节，地方武装的新战士中有慌得用草帽来挡子弹的故事。

第二节，也有太早拔开保险盖而出事的故事。

第三节第二行，也有在战斗中用石头换枪的故事。

第四节第一行，也有放哨的发现敌人而报告"兵来了"的故事。

四，原有题："给一位政治部主任"。

这位政治部主任也难得吃肉，善诙谐，常熬夜，又熬出妙语。

五，原有题："给放哨的儿童"。

　　长子县儿童团扣留过县长；陵川县儿童团扣留过洋教士。

六，原有题："给抬钢轨的群众"。

　　第三行，十个人抬一条钢轨，十里路另换十个人。

　　第十行，一条钢轨锯成两半，以便翻高山。

七，原有题："给一位刺车的姑娘"。

　　故事发生在河北完县。

八，原有题："给一位夺马的勇士"。

　　故事发生在山西长乐村战斗中。

九，原有题："给一处煤窑的工人"。

　　第五节第六行，"曲把"是一种简单的武器，形似手枪，装一颗步枪子弹。

一○，原有题："给实行空室清野的农民"。

一一，原有题："给委员长"。
　　第十三行，"坚持"显然指：坚持抗战。

一二，原有题："给'论持久战'的著者"。
　　第十二行，著名的惯用手势。

一三，原有题："给修筑公路和铁路的工人"。

一四，原有题："给一位集团军总司令"。
　　第十四行，著名的惯用口头语。

一五，原有题："给空军战士"。

一六，原有题："给一位用手指探电网的连长"。

一七，原有题："给西北的青年开荒者"。

一八，原有题："给一切劳苦者"。

尺八夜

我第一次听到尺八是在去春三月底一个晚上，在东京。

那时候我正在早稻田附近一条街上，在若有若无的细雨中，正和朋友C以及另一位朋友一块儿走路。我到日本小住，原是出于一时的兴致，由于偶然机会，事先没有学过一点日文日语，等轮船（长安丸）一进神户，一靠码头，就把自己完全交给了为我作向导的C，紧接着发现，也就交给经常监视他的一个便衣警察。他们现在正要带我老远地去一家喫茶店，我却不感觉兴趣，故意（小半也因为累了）落在他们后面，走得很慢。心中怏怏的时候，忽听得远远地，也许从对街一所神社吧，送来一种管乐声，如此陌生，又如此亲切，无限凄凉，而仿佛又不能形容为"如怨如慕如泣如诉"。我不问（因为有点像箫）就料定是所谓尺八了，一问他们，果然不错。在茫然不辨东西中，我油然想起了苏曼殊的一首绝句：

春雨楼头尺八箫

何时归看浙江潮

芒鞋破钵无人识

踏过樱花第几桥

这首诗虽然没有什么了不得，记得自己在初级中学的时候却读过了不知多少遍，不知道小小年纪，有什么不得了的哀愁，想起来心里真是"软和得很"。我就在无言中跟了他们转入了灯光疏一点的一条僻街。

回到京都，我们仍然住在东北郊那个日本人家的两开间小楼上，三面见山，环境不坏。这一家小孩子多，家具也多，地方虽比普通日本人家算脏一点，气派却大一点。房东是帝国大学的一位物理系助手，一位近五十岁的老好人，平时偶尔弹弹钢琴，听说吹得一口好尺八，在外边有许多年轻人跟他学，虽然他在家里总不大吹。

是在五月间的一个夜里吧，我听见尺八就在我们的楼下吹起来了。

约莫两点钟光景，猛然间被什么惊醒了，听见楼下前门口有人叫嚷。因为我一到日本，就无端招致了警察的猜疑，现在有点惴惴然，轻轻地敲敲薄薄的一层隔板，唤醒了C，我心里立刻兜上了我们在西山某古刹，夜半雨中同闻二犬狂号，令人毛发悚然的一幕，回想起来是那么可笑的，而仍不失为可喜的，盖人有时候也会爱一点惊险。这差不多是四年前了，与现在的情景如此相似，又如此相异。接着我听出了楼下闹的只是两人，其中之一是我们的房东。可是他们闹些什么呢？讲些什么话？想起话来，我就悲哀，我学话的本领实在太差了，算起来我在北平已经住了五六年，有如此好机缘，竟没有学会几句京话，直到现在仍是一口南腔北调，在北方，人家当然认我是说的南方话，回到南方，乡下人又以为我说的北方话，简直叫我不知道自己是什么地方人了。记得在什么地方听说过，朱舜水在日本常操和语，到病榻弥留的时候，讲的话友人不懂，几句土话。而在我连土话也容易忘掉呢。我到日本已有两月，勉强说得来的还只是"谢谢"、"对不住"等（后来动身回国的时候，竟还不好意思对房东们高声地说一句"沙扬娜拉",至今犹有遗憾),听得来的也只此数语而已。于是我问 C,他说"还不是喝醉了胡闹吗!"这时候,他们已不再叫嚷,像已进了屋,笑了一阵,那个陌生人哼起了我听不懂的歌调,接着尺八也在这夜深人静里应声而起了。啊,如此陌生,又如此亲切!说来也怪,我初到日本,常常感觉到像回到了故乡,我所不知道的故乡。其实也没有什么,在北地的风沙中打发了五六个春天,一旦又看见修竹幽篁、板桥流水、杨梅枇杷、朝山敬香、迎神赛会、插秧采茶,能不觉得新鲜而又熟稔!我仿佛回到了童时的境地,虽然我生长的地方是江海间一块只有一二百年历史的新沙地,住的百分之八九十是南岸来避难或开垦的移民,说不上罗曼蒂克。固然关西这地方颇似江南,可是江南的河山或仍依旧,人事的空气当迥非昔比,甚至于不能与二十年前相比吧。那么这大概是我们梦里的风物,线装书里的风物,古昔的风物了。尺八仿佛可以充这种风物的代表。的确,我们现在还有相仿的乐器,箫。然而现在还流行的箫,常令我生"形存实亡"的怀疑,和则和矣,没有力量,不能比"二十四桥明月夜,玉人何处教吹"的箫,不能比从秦楼把秦娥骗走的箫，更不能与"吹散八千军"的张良箫同日而语了。自然，从前所谓箫也许就是现在所谓笛，而笛呢，深厚似不如。果然，现在偶尔听听笛，听听昆曲，也未尝不令我兴怀古之情，不过令我想起的时代者，所谓文酒风流的时代也，高墙内，华厅上，盛筵前，一方红氍当舞台的时代也，楚楚可怜的梨园子弟，唱到伤心处，是戏是真都不自知的时代也，金陵四公子的时代也，盘马弯刀，来自北漠，来自白山黑水的"蛮"族统治下的时代也，总之，是大汉民族衰败的、颓废的时代也。而尺八的卷子上，如叫我学老学究下一个批语，当为写一句：犹有唐音。自然，我完全不懂音乐，完全出于一时的、主观的、直觉的判断。我也并不在乐器中如今特别爱好了尺八，更不致如此狂妄，以为天下乐器，以斯为极。我只是觉得单纯的尺八像一条钥匙，能为我，自然是无意的，开启一个忘却的故乡，悠长的声音像在旧小说书里画梦者曲曲从窗外插到床上人头边的梦之根——谁把它像无线电耳机似地引到了我的枕上了？这条根就是所谓象征吧？

现在，你听，不知道从什么时候起歌声早已停止，也许因为唱得不好，那个人罢手了，现在只剩了尺八的声音。我如何形容它，描摹它呢？乃想起了国内寄来的报上有周作人先生译永井荷风的一段话，这段文字我读了好几遍，记得简直字字很清楚：

> 呜呼，我爱浮世绘。苦海十年为亲卖身的游女的绘姿使我泣。凭倚竹窗茫然看着流水的艺妓的姿态使我喜。卖消夜面的纸灯寂寞地停留在河边的夜景使我醉。雨夜啼月的杜鹃、阵雨中散落的秋天木叶、落花飘风的钟声、途中日暮的山路的雪，凡是无常无告无望的，使人无端嗟叹此世只是一梦的，这样的一切东西，于我都是可亲，于我都是可怀。

不管原文如何，这段虽然讲画，而在情调上节奏上简直是代我在那里描摹我此刻所听的尺八。可是何其哀也！呜呼，我知之矣（我想起了"欧阳子方夜读书"），惟其能哀，所以能乐，斯乃活人。悲哀这东西自从跟了人类第一次呱呱堕地而同来以后就永远与正常的人类同在了。现在他们的世界，不管中如何干，外总是强，虽然还没有完全达到夜不闭户、路不拾遗的一步，比较上总算是一个升平的世界，至少是一个有精神的世界。而此刻无端来了这个哀音，说是盛世的哀音，可以，说是预兆未来的乱世吧，也未尝不可，要知道"合久必分，分久必合"，哀音是交替的，或者是同在的，如一物的两面，有哀乐即有生命力。回望故土，仿佛一般人都没有乐了，而也没有哀了，是哭笑不得，也是日渐麻木。想到这里，虽然明知道自己正和朋友在一起，我感到"大我"的寂寞，乃说了一句极简单的话："C，我悲哀。"

第二天我告诉 C 说我要写一篇散文，纪昨夜。我说尺八这种乐器想来是中国传来的吧。C 是学历史的，也注意东西交通史的，他答应替我查一查，可是手头没有什么可参考的书。结果我们还是止步于《辞源》上的这一条：

> 吕才制尺八，凡十二枚，长短不同，与律谐契。见唐书。

这自然不能使我满足，写文章的兴致也淡下去了。

过了一个月光景，不知道怎么一回事，竟写了一首短诗,设想一个中土人在三岛夜听尺八,而想像多少年前一个三岛客在长安市夜闻尺八而动乡思,像自鉴于历史的风尘满面的镜子。写成后自己觉得很好玩,于可解不可解之间,加上了一个 Motto。

正是江南好风景
落花时节又逢君

写诗的日期,现在看稿后注的是六月十九夜,记得第二天我很高兴地告诉了 C,可是,一盆冷水——他笑我这首诗正好配我那张花八十钱买来的廉价品乐片《荒城之月》,名为"尺八独奏",其实是尺八与曼陀铃、吉达等的海派杂凑。这张乐片曾拿到楼下房东处问过,结果被笑为尺八不像尺八,《荒城之月》不像《荒城之月》。我这首诗里忽而"长安丸",忽而"孤馆",忽而"三岛",忽而"霓虹灯",也是瞎凑。给 C 一说,仿佛真有点如此,大为扫兴。不过 C 之扫兴多半是在开我玩笑,他喜欢与我抬杠,看我着急的神气。过了一些日子,我又释然了,一想这首诗不是音乐,虽然名为《尺八》,而意不在咏物,而且一缕"古香"飘在"霓虹灯的万花间"也不见得不自然，周作人先生说得好："我们在日本的感觉，一半是异域，一半却是古昔，而这古昔乃是健全地活在异域的，所以不是梦幻似地虚假，而亦与高丽安南的优孟衣冠不相同也。""健全地活在异域"，不错，也可说活在现代世界。恰好北平朋友来信催稿，我虽然已不大喜欢这首诗了，终于把它打发了回去。

再过一个月我因事也动身回国了。C把我仍然送到了船上。我回到北平不久，接到他的信，说是他那天下午独自回到住地，凄凉满目，情状就像当年在家里送了丧。在朋友们眼中看来比出国前反而消瘦了许多，也苍老了许多，我回到故国，觉得心里十分空虚。读信又非常怀念那边，想仍然回到那边去，仿佛那边又是我的归宿了。自然，以后又一切都淡了下去。

《尺八》这首诗呢，已经在印刷所排好，尚未印出，我愈看愈不喜欢，结果用另一首诗换了出来，然而后来因为《大公报》诗特刊需稿，没有法子又寄了去。登出后有些师友说好，我自己则不觉得如何高兴，而且以未证明从中国传去这个假设为憾。虽然早想问周作人先生，自己不大放在心上，懒懒地一直捱延到今春才写信去问，然后得到了一个使我相当高兴的答复：

> 尺八据田边尚雄云起于印度，后传入中国，唐时有吕才定为一尺八寸（唐尺），故有是名。惟日本所用者尺八较长，在宋理宗时（西历一二八五）有法灯和尚由宋传去云。虽然传往日本是在宋而不在唐，虽然法灯和尚或者不是日本人，已没有多大关系了。

本来只打算给诗作一条小注，后来又打算写一篇千把字的附记，而现在写成了这样一篇似可独立的散文了，离初意愈远，但反而实践了听尺八夜次朝的心愿，虽然写得如此芜杂，不免也有点暂时的高兴，我要欣然告诉C了，如果他在这里。本来他说要来此地看我的，可是现在早该是他回国的时候了，竟一春无消息，以致我此刻不知道他已到了哪里。啊，我将向何方寄我的系念，风中的一缕游丝？时候不早了。呜呼，历史的意识虽然不必是死骨的迷恋，不过能只看前方的人是有福了。时候不早了，愿大家今夜好睡，为的明朝有好精神。夜安！

五月八日（一九三六）

鱼化石后记

黑字需要白纸。把这四行小诗写出来一看,觉得很可以拿去题一本封面有鱼化石图案的 Album 吧。

我想起爱吕亚(P. Eluard)的:"她有我的手掌的形状,她有我的眸子的颜色。"我们有司马迁的"女为悦己者容"。

自我表现少不了对方的瞳子。前几天我写了一篇散文,题为《成长》,其中有一句:"假如你像我的一位朋友的老师那样,梦为菊花,你会不会说呢:我开给你看,纪华?(随便拟的名字,其实等于 X,代表你第一个想到的名字……"

从盆水里看雨花石,水纹溶溶,花纹也溶溶,我想起瓦雷里(梵乐希)的《浴》。

我想起玛拉美的《镜子》,不是"Herodiade"里的"O miroir!…"而是"冬天的颤抖"里的"你那面威尼斯镜子",那是"深得像一泓冷冷的清泉,围着翼兽拱抱、金漆剥落的边岸;里头映着甚么呢?啊,我相信,一定不止一个女人在这一片止水里洗过她美的罪孽了;也许我还可以看见一个赤裸裸的幻象哩,如果多看一会儿。"

名胜地方壁上刻一个"水流云在",很有意思。鱼成化石的时候,鱼非原来的鱼,石也非原来的石了。这也是"生生之谓易"。近一点说,往日之我已非今日之我,我们乃珍惜雪泥上的鸿爪,就是纪念。

诗中的"你"就代表石吗?就代表她的他吗?似不仅如此。还有甚么呢?待我想想看。不想了。这样也够了。

六月四日(一九三六)

关于圆宝盒

刘西渭先生：

您起初猜"圆宝盒象征现时"，因为"桥"指"结连过去与未来的现时"，显然是"全错"。既然时光是河流，则过去与未来当为河流的本身，上游和下游，勉强地说。您后来说是"我与现时的结合"，似乎还可以，但我自己以为更妥当的解释，应为——应为甚么呢？算是"心得"吧、"道"吧、"知"吧、"悟"吧，或者，恕我杜撰一个名目，"beauty of intelligence"，"舱里人永远在蓝天的怀里"解释为"永远带有理想"仿佛还差不多。我前年春天曾写过一首诗，从未发表过，现在完全抛弃了，其结尾三行，虽然意思不同，但可以帮助理解如何可以说"永远在蓝天的怀里"，特录在这里：

> 让时间作水吧，睡榻作舟，

仰卧舱中随白云变幻，

不知两岸桃花已远。

"圆宝盒"中有些诗行本可以低徊反复，感叹歌诵，而各自成篇，结果却只压缩成了一句半句。至于"握手"之"桥"呢，明明是横跨的，我有意地指感情的结合。前边提到"天河"，后边说到"桥"，我们中国人大约不难联想到"鹊桥"。不过我说的"感情的结合"不限于狭义的，要知道狭义的也可以代表广义的。在感情的结合中，一刹那未尝不可以是千古，浅近而不恰切一点地说，忘记时间，具体一点呢，如里尔克（R. M. Rilke）所说，"时间崩溃了"，或为纪德所说，"开花在废墟以外"。然而，其为"桥"也，在搭桥的人是不自觉的，至少不能欣赏自己的搭桥，有如台上的戏子不能如台下的观众那样欣赏自己的演戏，所以，说这样的桥之存在还是寄于我的意识，我的"圆宝盒"。而一切都是相对的，我的"圆宝盒"也可大可小，所以在人家看来也许会小到像一颗珍珠，或者一颗星。比较玄妙一点，在哲学上例有佛家的思想，在诗上例有布雷克（W. Blake）的"一砂一世界"。合乎科学一点，浅近一点，则我们知道我们所看见的天上一颗小小的星，说不定要比地球大好几十倍呢；我们在大厦里举行盛宴，灯烛辉煌，在相当的远处看来也不过"金黄的一点"而已：故有此最后一语，"好挂在耳边的珍珠——宝石？——星？"此中"装饰"的意思我不甚着重，正如在《断章》里的那一句"明月装饰了你的窗子，你装饰了别人的梦"，我的意思也是着重在"相对"上。至于"宝盒"为甚么"圆"呢？我以为"圆"是最完整的形相，最基本的形相。《圆宝盒》第一行提到"天河"，最后一行是有意地转到"星"。

然而，我写这首诗到底不过是直觉的展出具体而流动的美感，不应解释得这样"死"。我以为纯粹的诗只许"意会"，可以"言传"则近于散文了。

四月十六日

又：这首诗我相信字句上没有甚么看不懂的地方，倘真如此，那就够了，读者可以感受和体会就行了，因为这里完全是具体的境界，因为这首诗，果如你所说，不是一个笨谜，没有一个死板的谜底搁在一边，目的并不要人猜。要不然只有越看越玄。纪德在《纳蕤思解说》的开端与结尾都说"一点神话本来就够了"。

六月七日（一九三六）

图书在版编目（CIP）数据

十年诗草：1930-1939 / 卞之琳著 .—北京：北京联合出版公司，2021.9
ISBN 978-7-5596-5260-7

Ⅰ.①十… Ⅱ.①卞… Ⅲ.①诗集－中国－现代 Ⅳ.①I226

中国版本图书馆CIP数据核字（2021）第076567号

十年诗草：1930—1939

作　　者：卞之琳
出 品 人：赵红仕
责任编辑：管　文
策 划 人：方雨辰
特约编辑：王文洁
装帧设计：M^{oo} Design

北京联合出版公司出版
（北京市西城区德外大街83号楼9层　100088）
北京联合天畅文化传播公司发行
山东临沂新华印刷物流集团有限责任公司印刷　新华书店经销
字数125千字　1092毫米×787毫米　1/32　5印张
2021年9月第1版　2021年9月第1次印刷
ISBN 978-7-5596-5260-7
定价：48.00元

版权所有，侵权必究
未经许可，不得以任何方式复制或抄袭本书部分或全部内容
本书若有质量问题，请与本公司图书销售中心联系调换。电话：64258472-800